*Für Christian und Diana
und alle anderen, mit denen ich schon
einmal Löcher gebuddelt habe.*

2. Auflage: August 2013

Erschienen bei FISCHER Sauerländer
© dieser Miniausgabe S. Fischer Verlag GmbH, Frankfurt am Main 2013
Originalausgabe erstmals erschienen 2009 bei Sauerländer

Alle Rechte vorbehalten
Druck: Sachsendruck Plauen GmbH
ISBN 978-3-7373-6034-0

Alexander Steffensmeier

Lieselotte sucht einen Schatz

SAUERLÄNDER

Wenn die Kuh Lieselotte und ihr Freund, der Postbote, die Post austrugen, war der Bauernhof oft ihre letzte Station. Heute hatten sie für die Bäuerin einen Karton mit Flaschen und ein besonders schweres Paket dabei.

»Oh prima«, sagte die Bäuerin, denn auf das schwere Paket hatte sie schon lange gewartet. Sie lud die beiden Kartons gleich auf ihre Schubkarre und quietschte damit Richtung Werkstatt. »In den nächsten Stunden möchte ich nicht gestört werden!«, rief sie Lieselotte noch zu.

»Schönen Tag noch«, verabschiedete sich auch der Postbote.
Aber Lieselotte antwortete ihm schon nicht mehr,
denn sie hatte in ihrer Posttasche gerade etwas viel Interessanteres
entdeckt ...

Was konnte das sein?

Auch die anderen Tiere kamen neugierig herbei und schauten sich das Stück Karton mit den seltsamen Zeichen an.
Aber während sie noch rätselten, wusste Lieselotte längst Bescheid:
Klar, das war eine Karte!
Eine geheime Karte, die zu einem vergrabenen Schatz führte!

Die Zeichen waren eindeutig: Sie mussten zunächst einmal den Schirm finden, dann das Glas und zuletzt den beiden Pfeilen folgen.
Und natürlich durfte sie niemand dabei beobachten!

... machten sich Lieselotte und die anderen Tiere auf die Suche.

Hinter dem Schuppen fanden sie viele Brennnesseln, aber keinen Schirm.

Und in der Wagenremise lag viel Schrott. Aber einen Schirm fanden sie dort auch nicht.

Wer hätte gedacht, dass Schatzsuche so anstrengend ist? Hinter Lieselottes Stall ruhten sie sich erst einmal aus. Und dann machte die Ziege plötzlich eine entscheidende Entdeckung!

Natürlich, das war der gesuchte Schirm: Lieselottes Sonnenschirm!

Jetzt mussten sie noch das Glas finden. Ah, da war es ja! Dann folgten sie den Pfeilen auf der Karte.

… landete mitten im Gemüsegarten.

Ausgerechnet auf ihr Gemüse war die Bäuerin besonders stolz.
Doch es half nichts. Genau hier mussten sie graben.
Und wenn sie den Schatz erst einmal hatten, würde die Bäuerin bestimmt nicht böse sein.

Bis dahin war es aber besser, wenn sie von der Ausgrabung nichts merkte.

Ganz leise begannen sie also zu graben.
Und schon nach ein paar
Spatenstichen ...

Ups, nicht so laut!
Ein Schatz! Ein Schatz!
Ein ... Nagel.
Nur ein alter, rostiger Nagel ...

»Das kann der Schatz nicht sein«,
dachte Lieselotte.
Also, weitergraben!

Ein paar Stunden später hatten sie außer dem Nagel auch noch ein Stück von einer Tasse, einen alten Schuh und sogar ein verbogenes Blech gefunden.
Aber das genügte Lieselotte nicht.
Einen Schatz stellte sie sich anders vor.
Da stieß eines der Hühner plötzlich auf etwas Neues ...

Die blieb da.

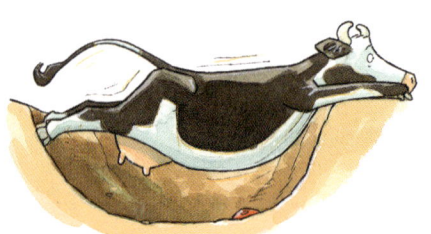

»Was, in aller Welt, habt ihr
mit meinem Gemüsegarten gemacht?«,
rief die Bäuerin wütend.
»Und warum stehst du in einem Loch,
Lieselotte? Und ... was ist das eigentlich
für ein Ding da neben deinen Hufen?«

Das musste nun endlich der Schatz sein!
Mit einem ihrer Hörner hob Lieselotte
das Ding hoch.

Doch es war nur ein alter, durchlöcherter Topf ...
»Nein!«, rief die Bäuerin. »Wie wundervoll!
Genau das hat mir noch gefehlt. Du bist doch die Beste,
Lieselotte!«

Natürlich gab es Gemüsesuppe.
Aber erst einmal baute die Bäuerin ihre beinahe
vollautomatische Bewässerungsanlage auf.

Und dann schnippelten sie Gemüse.